Au bord du fossé

AU BORD DU FOSSÉ

COMÉDIE EN UN ACTE

DU MÊME AUTEUR :

SOUS PRESSE

IMPRIMERIE GÉNÉRALE DE CHATILLON-SUR-SEINE. A. PICHAT

PAUL BONNETAIN

AU BORD DU FOSSÉ

COMÉDIE EN UN ACTE

PARIS

TRESSE, ÉDITEUR

8, 9, 10, 11, GALERIE DU THÉATRE-FRANÇAIS

PALAIS-ROYAL

1884

PERSONNAGES

GEORGES DE GRISOL..............   M. X...

JEANNE D'ALBERTY............... Mme MARIE COLOMBIER.

UN DOMESTIQUE..................   M. X...

—

IMPRIMERIE GÉNÉRALE DE CHATILLON-SUR-SEINE — A. PICHAT

AU BORD DU FOSSÉ

La terrasse du Grand Cercle d'Aix-les-Bains. — Au fond, entre des arcades, on voit des jardins à demi illuminés, au milieu desquels joue un orchestre. — A droite et à gauche, des panneaux. — D'un côté, une porte s'ouvrant sur les salons de jeu; de l'autre, une porte donnant sur le *hall*. — Tables de café. — A droite, un divan et un *rocking-chair*.

SCÈNE PREMIÈRE

MADAME D'ALBERTY, seule. — Elle repousse d'un geste distrait un tas de journaux étalés autour d'elle sur le divan.

Et toujours la même chose!... Après les mêmes concerts, les mêmes journaux! Et les mêmes lecteurs, ce qui est plus triste! (Elle bâille, et, machinalement, défait de sa planchette un journal qu'elle plie et replie entre ses doigts.) Oui, toujours la même chose : mêmes joueurs, mêmes dîneurs, mêmes lecteurs !... Ce serait à croire qu'il existe une direction générale des villes d'eaux, chargée d'approvisionner les casinos et les cercles de collections

1

identiques d'anglaises incomprises, de vieux beaux
rhumatisants et de jeunes gens point assez décavés
pour être polis envers les femmes!... Mon Dieu! que
je m'ennuie!... A dire le vrai, j'y devrais être assez
habituée, mais cette fois, mon ennui se double d'une
désillusion...

SCÈNE II

MADAME D'ALBERTY, Un Garçon de Cercle,
qui passe portant des dépêches et des journaux sur un
plateau.

MADAME D'ALBERTY.

Ah! voyons!... Peut-être vais-je apprendre quelque
chose de nouveau... Cet excellent M. d'Alberty se sou-
viendrait-il qu'il a une femme?... (Elle tend la main vers
le plateau, prend un télégramme et un journal. Elle lit :) « Impossible partir avant vote du budget. Mille tendresses. »... — Mille tendresses!!... (Elle soupire, puis déchire
la bande du journal et y jette un rapide coup d'œil.) Et pas
même le moyen de douter! Pas même le moyen d'être
jalouse!... Cela me changerait... Mais non : M. d'Alberty dit vrai... Je ne puis l'accuser...

Le domestique s'éloigne.

SCÈNE III

MADAME D'ALBERTY.

Ah! la jeune personne pour laquelle il se ruine ne
pourra pas se plaindre! La chambre des députés fait

tout doucettement les affaires de cette demoiselle, ce qui est plus simple que de faire celles du pays, ainsi que dirait papa. Elle siège tard — toujours comme ladite demoiselle ! (Froissant le journal d'un air impatienté.) Quand elle a débuté au théâtre, j'étais encore en pension !... (Elle rit nerveusement.) Et c'est pour elle, que mon mari demande si fort à la tribune le dégrèvement des plombs indigènes !... (Elle se lève, s'étire et rebâille.) En somme, est-elle heureuse, cette... jeune personne ?... Bah ! à moins qu'elle n'ait métamorphosé M. mon mari !... Et puis, comme nos usines doivent lui coûter cher ! Mines pour mines et mêmes procédés d'extractions !... (Elle se rasseoit. La musique va se ralentissant, puis s'arrête.) J'ai dansé jadis sur cet air-là ! C'est ce qui m'agaçait tant sans doute tout à l'heure !... A mon âge et dans ma position, on ne doit plus avoir de souvenirs, car on n'aurait pas assez de larmes !... C'est que je vieillis !... Encore deux ou trois stations thermales et je ne décolleterai plus mes robes... ou je les décolleterai moins !... Je dois être à faire peur, ce soir ! C'est cet Aix qui me vieillit ! Les croupiers et les valses y sont restés les mêmes ; il n'y a que les pontes et les valseurs qui aient changé... Ma foi ! j'aimais autant les anciens. Ils jouaient moins gros jeu : ils dansaient davantage... On ne devrait pas revenir aux lieux où l'on aima jadis. Car j'ai aimé ici. Il est vrai que c'est également ici que j'ai connu mon mari. Il dansait à ravir, en ce temps-là, il chantait même, et le voyant déjà chauve, je le trouvais distingué... Oh ! ces mariages conclus entre deux quadrilles dans une ville d'eaux ! M. d'Alberty m'adorait, mais à la fin de notre voyage de noces, il m'avouait déjà quelles causes avaient précipité notre union : il avait une déveine persistante, il avait perdu, il s'ennuyait... Je tentai son désœuvrement, ma dot tenta son notaire... Au fond, peut-être me choisit-il comme fétiche ! Mais le jeu ne dura pas : je l'en détournai pour le lancer dans la politique. La Chambre c'est moins cher que le baccarat, et les engagements électoraux ne se règlent pas dans les vingt-quatre heures !... Ma parole, j'ai l'air de faire des mots ! Faut-il que je m'ennuie ! Et pas un être de connaissance pour les entendre, pas un ami à taquiner, pas une amie à contredire ! La saison commence à peine, et il n'y a encore ici que des étrangers ou des provinciaux...

SCÈNE IV

MADAME D'ALBERTY, GEORGES DE GRISOL.

GEORGES DE GRISOL, entre et se dirige vers la galerie du fond. Il aperçoit madame d'Alberty qui le lorgne et descend vers elle, le chapeau à la main.

Oh ! chère madame !... ma chère cousine !

MADAME D'ALBERTY, se levant.

L'aimable rencontre !... Comment, c'est vous, monsieur de Grisol ! (Elle lui tend la main.) Je vous croyais au bout du monde, au fond d'une ambassade perdue ! Et vous voilà !... Mais, asseyez-vous donc, je vous prie, je suis trop heureuse de vous revoir pour ne pas vous arrêter. Et puis, vous devez avoir des tas, des tas d'histoires à m'apprendre !... Pensez donc ! Il y a dix ans que je ne vous ai vu !... dix ans !...

Elle retire sa main. Tous deux s'asseoient sur le divan.

GEORGES DE GRISOL.

Mais oui, dix longues années !... Aussi, vous n'imaginez point ma joie, ce matin, quand j'ai découvert votre nom, en feuilletant, par hasard, la liste des étrangers. Le temps de m'habiller et j'étais à votre

villa. Mais on m'y apprend que vous venez de partir
en excursion et que vous ne rentrerez que le soir! Je
m'étais fait une telle fête de vous surprendre et de vous
demander à déjeuner!... Je vous ai cherchée tout le
jour. Je demandais à tous les cochers sur la route des
Gorges : « Avez-vous vu passer une dame ? » C'était
très niais. Ils en avaient vu passer vingt, des dames!..
Je rentre enfin, je retourne à la villa; on m'y répond
que vous êtes au Casino. Et me voilà!... Me pardonne-
rez-vous à présent de me présenter de si brusque façon?

MADAME D'ALBERTY.

Mais vous êtes tout pardonné. Voyons, ne som-
mes-nous pas et parents et vieux amis?

GEORGES DE GRISOL.

Parents! C'est juste! Un de ces bons petits cousina-
ges à la mode de Bretagne!... et amis!... Ah! oui!
vieux et bons amis!... Que c'est gentil à vous de vou-
loir bien me garder ce titre!...

Il lui resserre la main, longuement.

MADAME D'ALBERTY, retirant sa main.

Vous revenez de trop loin pour que je ne sois pas
gracieuse envers vous!... Puis, vous avez si peu
changé qu'il me semble vous avoir quitté hier, et ce
mot d'ami me vient tout seul aux lèvres...

GEORGES DE GRISOL.

Hélas! si! J'ai changé et le cœur seul a tenu bon...
mais c'est vous que je retrouve plus charmante que
jamais! Jeune femme et non plus jeune fille, mais
jeune femme tenant tout ce que la jeune fille promet-
tait...

MADAME D'ALBERTY, riant et lui donnant un coup d'éventail
sur les doigts.

Comme vous arrivez de loin! Mais elle est suran-
née votre galanterie retour des Indes! La galanterie,

voyez-vous, mon cher, n'est pas comme le vin : le
temps et les traversées l'affadissent au lieu de la bo-
nifier.

GEORGES, gaiement.

Spirituelle, mais injuste !

MADAME D'ALBERTY, sérieuse.

Non! pas injuste, franche, voilà tout. De bonne foi,
je ne puis plus jouer les coquettes... Une vieille ma-
man! Mais j'ai une fille qui tout à l'heure sera d'âge
à se marier!

GEORGES.

Voulez-vous bien vous taire! vous êtes...

MADAME D'ALBERTY, le menaçant de son éventail.

Monsieur le diplomate, vous n'allez pas marivauder,
je suppose? Tenez, vous feriez mieux d'être simplement correct et de me demander des nouvelles de
M. d'Alberty... Vous savez ce qu'il devient par les
journaux... Laissez-moi ajouter qu'il se porte à mer-
veille, et permettez-moi maintenant de vous mettre à
contribution. Vous arrivez évidemment de Paris;
vous devez avoir vos poches pleines de nouvelles...
Allons, contez-moi des histoires, des cancans, si vous
voulez. Ici, je ne sais plus rien de ce qui se passe.

GEORGES.

Hélas! ma chère cousine!... Je ne sais pas grand'
chose moi-même... A peine ai-je pris le temps en sor-
tant du ministère d'aller déposer cinq ou six cartes
dans les maisons où je ne pouvais me dispenser de
faire acte de présence; et sans perdre une minute,
j'ai mis le cap sur Aix. Ordonnance du médecin! C'est
sacré!...

MADAME D'ALBERTY.

Alors, rien? pas le moindre petit potin?... Ou bien

ne jouez-vous l'ignorance qu'afin d'avoir un prétexte pour me raconter vos voyages?...

GEORGES.

Seigneur! Ai-je donc assez vieilli pour que vous redoutiez d'être ennuyée par moi? Mais non! je ne vous dirai pas mes voyages. Seulement, comme nouvelles, je suis médiocrement chargé. Je vous présente un vrai sauvage, un nouveau débarqué qui ne parlerait même plus sa langue, si, hors Paris, il n'avait continué à lire les journaux... Des potins, mais où les aurais-je pris?... Je sais bien une histoire d'hier, mais vous la connaissez déjà sans doute? C'est l'aventure de madame de Raon, l'ex-belle Émilie des soirées de madame votre mère.

MADAME D'ALBERTY, se rapprochant, très attentive.

Comment? Une aventure de madame de Raon?... Mais je n'en ai pas appris le premier mot!

GEORGES.

Je tombe bien alors!... D'ailleurs, c'est au fond une aventure banale, malgré le bruit qu'elle a fait. Un enlèvement simplement, une fuite...

MADAME D'ALBERTY.

Mais ce n'est pas possible!

GEORGES.

Si possible qu'à cette heure madame de Raon s'affiche à Spa au bras de l'homme qui l'a séduite... le secrétaire de son mari.

MADAME D'ALBERTY.

Oh! la malheureuse!...

GEORGES, se renversant un peu en arrière et jouant avec sa canne, tandis que madame d'Alberty, stupéfaite, tient ses mains croisées sur ses genoux, et l'écoute, l'œil fixe.

Oui, avec le secrétaire de son mari! Vous jugez de

l'esclandre!... Elle a tout abandonné pour suivre cet
homme. Et elle a des enfants, deux grands fils, de
charmants garçons, dont elle causera le malheur...
Mais comprenez-vous cela? A près de quarante ans,
une folie pareille! Ce n'est point seulement atroce,
c'est ridicule, ridicule!... Et des adultères pareils me
font penser que les théories de M. Dumas fils ont du
bon! Etes-vous pas de mon avis, cousine?...

MADAME D'ALBERTY, très émue.

Mon cher, que voulez-vous que je vous dise? Elle
est navrante, votre histoire; et j'en connais trop l'hé-
roïne pour ne pas en être désolée...

GEORGES.

Voyez ma malechance! Mes nouvelles vous attristent
au lieu de vous distraire... Et dire qu'il fut un temps
où mes racontars avaient le bonheur de vous égayer!
Que de jolis contes, que d'amusants récits, je vous
faisais à l'heure des vacances, après dix mois de sé-
paration!...

MADAME D'ALBERTY.

Comme vous vous rattrapez aux branches!... De
jolis contes!... Vous n'êtes pas modeste!... D'ailleurs
on trouve tout joli, à l'âge que nous avions alors!

GEORGES.

Avouez, chère cousine, que cela est fort heureux.
Mais cette... bienveillance... (suis-je assez grave,
hein?...) cette bienveillance qu'on a en entrant dans
la vie, il faudrait la regretter si, par la suite, elle nous
devait rendre sceptiques... En vérité, vous m'étonnez!
Je vous ai quittée raffinée parisienne et je vous retrouve jouant le vieux jeu de la provinciale qui se
vieillit pour l'unique plaisir d'être contredite!... Eh
quoi? avez-vous besoin qu'on vous complimente? Je
ne l'ai point fait, non pas parce que vous me l'avez

défendu en trouvant usée ma galanterie et rances mes
fadeurs, mais parce qu'en vous disant mon admira-
tion, j'aurais paru douter de vous. C'eût été supposer
que vous pouviez avoir changé que de vous débiter
les banalités d'usage ! Est-ce donc si long dix ans?
D'abord que de hasards n'a-t-il pas fallu pour que je
ne vous revoie pas !

MADAME D'ALBERTY, toujours la tête baissée.

Qu'il est commode d'accuser le hasard !

GEÔRGES, faisant le geste de lui prendre la main.

Oh! cousine!... cousine ! .. N'entamons pas ce cha-
pitre, je vous en supplie... (A part.) Et, ma parole, je
ne mens point: elle est toujours charmante !... (Se rapprochant d'elle.) Oui! des hasards... Je n'ai fait, somme
toute, que deux consulats et trois ambassades ; dix
fois, je suis revenu à Paris .. Mais vous étiez à Luchon
quand j'arrivais avenue Montaigne, à Luchon ou bien
ailleurs, en province, dans les usines de M. d'Alberty.
Cependant, je vous ai rencontrée deux ou trois fois.
La première... (Une pause.) chez la maréchale. Nous
avons échangé quelques mots... (Une autre pause.) C'é-
tait peu après votre mariage... et je ne connaissais
qu'à peine M. d'Alberty.

MADAME D'ALBERTY, relevant la tête et jouant avec ses
bracelets.

Pourtant, vous l'aviez vu à Aix, chez ma mère.

GEORGES, vivement.

Oui, je l'avais vu !...(Une pause.) mais de là, à le con-
naître !... La seconde fois, c'était à l'inauguration de
l'Exposition... puis une autre fois encore, au vernis-
sage, à l'un des salons derniers. Ah ! je m'en souviens
bien! même je me rappelle votre accueil froid. Là
encore, vous n'étiez pas seule et ce fut non l'ami,
mais le parent, l'homme du même monde qui vous

1.

salua... Tout cela prouve-t-il que je vous aie un instant oubliée ?

MADAME D'ALBERTY, souriant et le regardant.

Décidément, alors, vous voulez marivauder ? Comme
c'est drôle !

GEORGES.

Est-ce si drôle d'évoquer un passé qui m'est resté
cher ?...

MADAME D'ALBERTY, riant.

Un passé ? Comme vous pesez peu vos mots, vous
un diplomate ! Prenez garde, mon cher, si on vous
entendait, vous me compromettriez !

GEORGES.

Hélas ! vos railleries m'éviteront ce grand honneur !
Mais pourquoi railler ? Non ! jamais je ne vous ai oubliée, et ce n'est pas ici, à cette place, que vous en
devriez douter !

MADAME D'ALBERTY, gaiement.

Et pourquoi pas, cher monsieur ?

GEORGES, mélancolique.

Oh ! que ce « pourquoi » est cruel ! (Avec chaleur.)
Alors vous ne voulez pas vous souvenir ?

MADAME D'ALBERTY.

Est-il étonnant !... Mais de quoi voulez-vous que je
me souvienne ?

GEORGES, avec feu.

De quoi ? Vous me le demandez ! Mais, Jeanne...

MADAME D'ALBERTY, après un mouvement d'émotion.

Jeanne ! vous m'appelez Jeanne !... Mon Dieu ! comme
vous êtes devenu familier ! Savez-vous qu'il est de
fort mauvais goût d'user aussi librement de mon
prénom ?

GEORGES, d'une voix plus basse, mais toujours avec feu.

Comme il est méchant à vous de me faire pareille leçon!... Voyons, est-ce ma faute si en vous retrouvant ici, tout le passé me revient, poignant et doux? Jeanne!... Ce nom a jailli tout de suite de mes lèvres, et mes souvenirs m'ont pris à la gorge quand je vous ai vue, tout à l'heure, rêveuse à ce balcon, où nous avons rêvé tous deux.

MADAME D'ALBERTY, doucement et à mi-voix.

Oh! des rêves si courts!...

GEORGES.

Est-ce ma faute? C'est vous qui les avez abrégés!...

MADAME D'ALBERTY, se levant.

Par exemple, je vous trouve étrange! Non seulement vous m'arrivez comme une bombe pour me débiter des compliments qui fleurent une déclaration galante, mais encore, vous allez me faire des reproches! m'assassiner de plaintes sentimentales, et pleurer sur ma robe!... Que vous prend-il, mon cher, et d'où sortez-vous? (Elle s'approche de Georges et lui met la main sur l'épaule.) Suis-je assez absurde de vous écouter! Vous me traitez en cousine de roman! Moi qui vous croyais homme d'esprit!... Allons, dites un peu pour voir comment j'ai cassé les ailes de vos rêves!...

GEORGES, se levant et lui prenant les deux mains.

Oh! je vous préférerais méchante qu'oublieuse!...

MADAME D'ALBERTY, à part, et repoussant ses mains.

Oublieuse!

GEORGES, qui s'est croisé les bras quand elle a écarté ses mains et a baissé la tête, se redressant.

Alors, vraiment, vous ne vous rappelez plus de tout cela, et il faut que l'exilé vous redise vos serments anciens?

MADAME D'ALBERTY, après un silence, se rapprochant de Georges.

Dramatique, maintenant? Quel comédien vous feriez!... Mes serments!... Et les vôtres?...

GEORGES, avec passion et lui prenant le bras.

Les miens! mais je les ai tenus : je suis libre encore!... Tandis que vous... Qui de nous deux a trahi
l'autre? Je vous aimais et vous me laissiez vous le
dire : vous vous étiez promise à moi, et vous vous
êtes donnée à un autre! (Madame d'Alberty cherche à se
dégager.) Moi qui vous aimais tant!... Mais voilà, je
déplaisais à votre famille, et vous n'avez pas eu le
courage de lutter trois mois! Et puis je ne pouvais,
n'est-ce pas, supporter une comparaison avec M. d'Alberty? J'avais mon nom et mon titre d'attaché aux
affaires étrangères pour toute fortune. Lui, il était
millionnaire. Au lieu de l'existence mesquine de la
femme du fonctionnaire pauvre, il vous apportait le
large train de vie des hauts barons industriels. Et une
situation politique avec cela! Demain, sans doute,
vous serez la femme d'un ministre, du mien peut-
être, et moi, je serai le subordonné de M. d'Alberty!
moi, votre ex-fiancé!...

MADAME D'ALBERTY, tendant les mains comme pour lui fermer la bouche, vivement.

Oh! taisez-vous, Georges! Vous insultez les doux
souvenirs que vous évoquiez tout à l'heure .. Moi,
capable d'une aussi triste trahison! Pour qui me pre-
nez-vous donc?... Et vous dites que vous m'avez aimée?... Mais c'est à croire qu'ayant la fatuité de crain-
dre des reproches, vous préférez m'accuser!... C'est
très diplomatique ce que vous faites là, monsieur de
Grisol!... (Tristement.) mais c'est mal!... (Lentement.) Allons, causons d'autre chose, voulez-vous? Il vous

plaît de jouer les victimes... Soit! Discuter vos droits
à ce titre serait indigne de moi...

GEORGES.

Voudriez-vous dire que vous pourriez les discuter,
si la chose vous semblait convenable?

MADAME D'ALBERTY.

Votre audace devient étonnante! Comment! vous
me laissez ma liberté et vous vous plaignez que j'en
aie disposé!... Ah! rompons là! Il est malséant et surtout inutile de remuer tout ce vieux passé... Vous m'a-
vez aimée, vous m'avez oubliée, vous voulez bien
maintenant vous souvenir encore de moi : tout cela
est pour le mieux, surtout si vous vous en tenez là. Et
c'est ce que j'exige de vous.

GEORGES.

Jeanne!... Pardonnez-moi! Je suis fou de vous parler ainsi... Mais aussi pourquoi affecter de me traiter
en coupable?...

MADAME D'ALBERTY.

Je ne fais que vous répondre... Faut-il pour en finir
que je réveille vos souvenirs?... Grand'mère nous
fiança en cachette, au mois de mai, ici même, à Aix,
et, en juillet, à la première opposition de mon père,
vous vous décourageiez. Moi je m'étais habituée à voir
en vous le mari que rêvent toutes les jeunes filles, et
la fiancée qui se réservait à vous, eût été votre femme,
si vous l'aviez voulu, mais cette fiancée, vous l'ou-
bliez!... C'est le jeu d'abord, c'est ensuite... Lentement
je vous vis vous détacher de moi... J'étais trop fière
pour me plaindre : je restai silencieuse... et peu à
peu, moi aussi, à mon tour, j'oubliai !... Maintenant,
pourquoi venez-vous sur ma route? Croyez-vous que
les cendres du passé soient tièdes encore ?... Elles
sont glacées, glacées à jamais !... J'appartiens à un autre et je ne veux voir en vous...

GEORGES.

Jeanne, n'achevez pas... Ecoutez-moi... vous m'avez mal jugé !...

MADAME D'ALBERTY.

Votre insistance me peine !... Je la regrette, nous aurions passé ensemble quelques heures agréables, car je m'ennuyais fort quand vous êtes venu .. Adieu donc !...

Elle fait quelques pas pour s'éloigner.

GEORGES, avec passion et courant prendre madame d'Alberty par la main.

Jeanne ! vous ne partirez pas ainsi !... Oh! écoutez-moi, je vous en supplie !... Je ferai taire ce cœur dont vous avez toujours été la maîtresse, et qui a bondi, tout à l'heure, quand je vous ai revue...

Il entraîne madame d'Alberty, la ramène au divan et la force à s'asseoir.

MADAME D'ALBERTY, lève doucement les épaules et sourit.

Alors, il bat bien fort ce pauvre cœur ?

GEORGES, avec feu.

Ah! qu'êtes-vous devenue pour douter ainsi de moi ?... Tenez, je vous pardonnerais peut-être si vous me railliez de la sorte à Paris, dans votre salon. Mais ici !... Vous m'avez cru oublieux : je n'étais que jaloux !... et quant à mes folies... J'avais perdu la tête : les refus de votre père m'affolaient. Je rêvais, avec les illusions de mon âge, quelque aventure merveilleuse qui précipitât mon bonheur. Je voulais brûler les étapes !... Plus tard... je parus trahir ma parole, mais, alors c'est que votre silence m'exaspérait ! C'est que votre gracieux accueil à l'homme qui devait devenir votre mari, me mettait à la torture ! C'est que je doutais aussi de vous, à mon tour, en croyant que vous ne m'aimiez plus !...

MADAME D'ALBERTY, secouant la tête.

Et il vint une heure où vous eûtes raison...

GEORGES, l'interrompant et plus passionnément encore.

Non, non! ne dites pas cela! Je ne vous croirais
pas... je ne puis pas... je ne veux pas vous croire...
(Dans le jardin, l'orchestre lointain commence une valse lente.)
Écoutez, Jeanne!... Vous rappelez-vous cette valse
dansée loin des parents, là-bas, au fond du jardin?...
Vous en souvenez-vous aussi, de notre promenade
dans les allées obscures et du coin tout noir où vous
aviez si peur? Vous vous appuyiez sur moi... Je vous
embrassais sur la nuque et vos frisons me caressaient
le cou!... Je ne l'ai pas oubliée, moi, cette soirée qui
nous fiança mieux que les discours mouillés de grand'
mère ; aujourd'hui encore, je n'ai qu'à fermer les
yeux... Ah! je l'ai revécue bien souvent, en mes heures de triste solitude! J'avais à ce premier bal fait une
si grande provision de bonheur!... Vous ne vous rappelez pas tout cela, vous?...

MADAME D'ALBERTY, troublée.

Et que sais-je?...

GEORGES.

Moi, je vous sens encore palpiter à mon bras!... Vous
portiez une robe à pois blancs, une étoffe soyeuse qui
bruissait à chacun de vos pas, et, dans l'allée, on aurait dit que nous traînions derrière nous toutes les
feuilles...

MADAME D'ALBERTY, après un soupir et se secouant.

Oui, la robe, la toilette... C'était fatal, cette précision
du souvenir!... Quand on publiera un Dictionnaire des
Effets sûrs, il y faudra mettre celui-ci...

GEORGES, avec emportement.

Mon Dieu! que vous êtes cruelle! Mais vous aimiez

pourtant!... Ah! pour être devenue aussi. durement sceptique, il faut que...

MADAME D'ALBERTY, l'arrêtant et le regardant bien en face.

Il faut... il faut que j'aie bien souffert !

GEORGES.

Ah ! laissez-moi vous demander pardon, Jeanne!...

MADAME D'ALBERTY, lentement et d'une voix triste, les yeux à terre.

Je ne suis plus votre Jeanne!...Je ne puis plus l'être!...

GEORGES, lui tenant les deux mains.

Mais, je vous aime!

MADAME D'ALBERTY, lui abandonnant ses mains.

Vous m'aimez!... Ah! taisez-vous, Georges!... Taisez-vous!... (Elle retire ses mains et recule.) Vous me faites mal...

GEORGES, plus bas et se rapprochant.

Comme je vous aime!...

MADAME D'ALBERTY, fermant les yeux.

Non... je ne veux plus, je ne dois plus vous entendre... Il est trop tard!... On ne refait pas les chemins parcourus... Laissez-moi partir!... Adieu!...

GEORGES, la retenant, plus bas, et d'une voix passionnée.

Mais si, on les refait les chemins parcourus! On les refait à deux, la main dans la main!... Et la route est plus belle avec ses grâces déjà vues et le charme de ses souvenirs qui chantent aux buissons leur douce chanson de baisers!...

MADAME D'ALBERTY, troublée et essayant de le repousser.

Ah! taisez-vous de grâce...

GEORGES, plus pressant.

Pourquoi?... Mais depuis dix ans, je vous aime silencieusement !... Depuis dix ans, je souffre et je me tais!.. Je vous fuyais!... Vous ne vous êtes donc jamais demandé pourquoi je m'exilai si loin, quand je n'avais qu'un mot à dire pour rester en France, à Paris? Je cherchais l'oubli: il n'est pas venu... Et maintenant me voilà! Je suis à vos pieds, je suis à bout de forces, je vous dis mon amour, et c'est mon heure!... (Madame d'Alberty essaie encore de se lever. — Il la retient. — Alors elle se cache le visage dans ses deux mains.) Ah! ne vous défendez pas : vous êtes malheureuse... (Mouvement de madame d'Alberty.) Je le sais : voilà pourquoi cette hardiesse m'est venue de vous dire : Jeanne! je t'aime toujours!... Vous souffrez : je me suis approché pour vous tendre la main... Sans doute, j'aurais dû... mais, pouvais-je me contenir?... Vous doutiez de moi : mon secret s'est échappé!... (Madame d'Alberty semble se débattre.) Coupable? Eh bien oui, je suis coupable, mais je ne puis pas ne pas l'être!... Est-ce que l'amour raisonne?... D'abord, il est plus fort que la vie! plus fort que tout...

MADAME D'ALBERTY, faiblissante.

Plus fort que mes devoirs?.. mais taisez-vous donc!... Et mes enfants!

GEORGES DE GRISOL.

Vos enfants? On les élève dans la famille de votre mari, car on vous marchande même le bonheur d'être mère!... Et quant à M. d'Alberty!... Ah! ne vous révoltez pas! Je sais tout!...

MADAME D'ALBERTY, se débattant.

Qu'importe? je...

GEORGES DE GRISOL.

Vous vous résigneriez? Vous passeriez dédaigneuse à côté du bonheur? Mais c'est impossible, puisque je vous aime...

MADAME D'ALBERTY, avec un sanglot dans la voix.

Trop tard!...

GEORGES DE GRISOL.

Est-il donc une heure pour être heureux?...

MADAME D'ALBERTY.

Oui, il est une heure... (Avec un soupir.) Et vous l'avez laissée passer!...

GEORGES DE GRISOL.

Oh! ne dites pas cela! L'aiguille n'a pas été jusqu'au bout. C'est une fatalité qui l'a arrêtée, et non pas moi!

MADAME D'ALBERTY, se secouant et peu à peu raffermissant sa voix.

Qu'avez-vous tant tardé à l'accuser cette fatalité?

GEORGES DE GRISOL, avec feu.

Encore ce reproche! Mais vous me brisez le cœur! Mais, je vous le répète, il y a dix ans que je pleure sur cette fatalité! De loin ou de près, partout, j'ai suivi votre vie!... Mais, demandez-le donc à nos amis communs, si je n'allais pas presque jusqu'à vous compromettre en leur parlant de vous, toujours de vous!... Tenez, l'autre hiver, j'ai passé toute une soirée de bal dans l'embrasure d'une fenêtre à causer de vous avec cette madame de Raon...

MADAME D'ALBERTY, avec un cri.

Ah!..

Elle se lève, malgré les efforts de Georges.

GEORGES DE GRISOL.

Qu'avez-vous?...

MADAME D'ALBERTY.

Rien!... (A part.) Ce souvenir me sauve! (Georges essaie de la ramener vers le divan.— Elle résiste, puis froidement et lentement:) Le nom que vous venez de prononcer me rappelle à mes devoirs... Vous souvenez-vous de ce que vous disiez de cette pauvre femme, il n'y a qu'un instant?... Un bonheur comme le sien s'achète au prix d'une faute, et cette faute on nous la fait payer trop cher!... C'est ce bonheur-là que vous me proposiez!... Oh! n'essayez pas de vous contredire; ce que vous disiez tantôt de madame de Raon, on le dirait de moi demain... Le monde pardonnerait peut-être la faute commise sans passion, celle qui se cache : il n'excuse pas l'autre... Et moi, qui ne comprends pas la première, je ne veux ni aimer, ni être aimée!...

GEORGES DE GRISOL, il se lève et court à elle.

Jeanne! Jeanne! de grâce...

MADAME D'ALBERTY, serrant les rubans de son manteau et remontant ses gants.

Allons donc, mon ami. Vous l'avez dit vous-même : ce serait ridicule! ri-di-cule, entendez-vous? Et tout excepté cela!... Je reste honnête femme!... (Elle lui tend la main et rit.) Allons, cousin, au revoir, et si vous avez bon caractère, venez déjeuner demain à la villa. Tenez, il y aura justement un de vos vieux collègues, un Russe...

GEORGES DE GRISOL, après un silence, se contraignant, mais tordant fébrilement sa canne.

Mille fois trop gracieuse, chère madame... Votre convive...

MADAME D'ALBERTY, qui a déjà fait deux pas se retourne.

Souhaiteriez-vous un nouveau tête-à-tête? Mon Dieu! cousin, vous n'êtes point assez fat pour supposer que je le redoute! Et le redouterais-je, vous n'auriez qu'à parler de madame de Raon comme tantôt... Allons, vous faut-il si peu de chose pour vous consoler?... Vous l'aurez votre tête-à-tête, pauvre cher! Seulement, vous ne remuerez pas nos vieux souvenirs :

il faut respecter les morts ; et moi, je vous montrerai les portraits de mes enfants... Au revoir, monsieur le diplomate!

Elle s'incline et s'en va par la gauche.

SCÈNE V

GEORGES DE GRISOL, après un salut cérémonieux, et se tordant les bras.

J'aurais dû l'aimer plus tôt — et mieux ! (Il fait trois pas, l'air agité.) Mais soyez donc sincère! mais soyez donc sentimental! Quelle école, mon pauvre Georges!... (Il soupire.) Baste! cela vaut mieux ainsi pour nous deux ! Et pourtant...

SCÈNE VI

GEORGES DE GRISOL, LE DOMESTIQUE.

LE DOMESTIQUE, entrant.

Monsieur est le premier inscrit. Si monsieur veut profiter de son tour, le banquier vient [de passer la main...

Il sort.

SCÈNE VII

GEORGES DE GRISOL, tirant son portefeuille.

Allons jouer... Ce sera finir l'idylle, ainsi que je l'ai jadis interrompue...

Rideau.

FIN

CHATILLON-SUR-SEINE. — IMPRIMERIE A. PICHAT.